Para Flora y Kit
en recuerdo de su bisabuela — M.F.
Para Alfie, Faith, Joe y Max,
con amor — K.S.

La gallinita roja

escrito por Mary Finch

ilustrado por Kate Slater

Érase una vez un gallo, un ratón
y una gallinita roja que vivían juntos
en una casita marrón, de tejado rojo.

Un día, la gallinita roja encontró un grano
de trigo en el suelo.
—Miren lo que encontré —les dijo al gallo y al ratón.
—Lo sembraré. ¿Quién me ayudará?

—Yo no —dijo el gallo.
—Yo no —dijo el ratón.
—Pues lo haré yo solita —dijo la gallinita roja.

Escarbó en la tierra y **sembró** el grano.
—¿Quién me ayudará a regarlo?
—preguntó la gallinita roja.

–Yo no –dijo el gallo.
–Yo no –dijo el ratón.
–Pues lo haré yo solita
–dijo la gallinita roja.

Regó la tierra y esperó a que el trigo creciera.
Brilló el sol y el trigo creció alto y derecho. Cuando
la espiga de trigo estaba dorada, la gallinita preguntó:
—¿Quién me ayudará
a cosecharlo?

–Yo no –dijo el gallo.
–Yo no –dijo el ratón.
–Pues lo haré yo solita –dijo la gallinita roja.

Recogió la espiga de trigo y la puso en una cesta.
–¿Quién me ayudará a llevarla al molino
para convertirla en harina? –preguntó
la gallinita roja.

–Yo no –dijo el gallo.
–Yo no –dijo el ratón.
–Pues lo haré yo solita –dijo la gallinita roja.

El molinero **molió** la espiga de trigo hasta convertirla en fina harina blanca. —¿Quién me ayudará a preparar una masa con esta harina? —preguntó la gallinita roja.

—Yo no —dijo el gallo.
—Yo no —dijo el ratón.
—Pues lo haré yo solita
—dijo la gallinita roja.

Mezcló la harina con levadura hasta formar una masa tibia.

—¿Quién me ayudará a amasar la masa para hacer el pan? —preguntó la gallinita roja.

–Yo no –dijo el gallo.
–Yo no –dijo el ratón.
–Pues lo haré yo solita –dijo la gallinita roja.

Amasó otra vez la masa, dejó que subiera y luego formó un lustroso pan redondo con la masa.

—¿Quién me ayudará a meter el pan en el horno?

—preguntó la gallinita roja.

—Yo no —dijo el gallo.
—Yo no —dijo el ratón.
—Pues lo haré yo solita
—dijo la gallinita roja.

Metió el pan en el horno para hornearlo.
Cuando ya estaba, sacó el dorado y crujiente pan.
—¿Quién me ayudará a comer este sabroso pan
recién hecho? —preguntó la gallinita roja.

–Yo te ayudaré –dijo el gallo.
–Yo te ayudaré –dijo el ratón.

–No, no me ayudarán –dijo la gallinita roja.

–Me lo **comeré** yo solita –dijo la gallinita roja.

¡Y así lo hizo!

–Vaya –dijo el gallo.

–Vaya –dijo el ratón.

–No me ayudaron. Por
eso, me lo comí yo solita –dijo la gallinita roja.

Así que cuando la gallinita roja volvió a **encontrarse** un grano de trigo en el suelo... el gallo **escarbó** la tierra y **sembró** el grano.

El ratón **regó** la tierra.

Y juntos, el gallo y el ratón y la gallinita roja, **observaron** como el trigo crecía alto y derecho.

Juntos **llevaron** el trigo al molinero para **molerlo** y juntos **mezclaron** la harina para hacer la masa.

Y cuando el pan estaba listo,
el gallo y el ratón y la gallinita
roja se sentaron a la mesa
y **comieron** el rico
pan, recién hecho...

¡y estaba
delicioso!

¡Haz tu propio pan!

Para: 2 hogazas
(o muchos panecillos)

Lo que necesitas

- Un cuenco grande
- Un paño para cubrir el cuenco
- Una bandeja para el horno o dos moldes de pan pequeños
- Aceite de oliva o vegetal
- La ayuda de un adulto

Ingredientes del pan

- 750g o 7½ tazas de harina integral
- 400ml o 1½ tazas de agua tibia
- 2 cdtas. de levadura seca
- 1 cdta. de sal marina

Cómo hacer el pan

1 Mezclar

Pon la harina, la levadura y la sal en el cuenco. Haz un hueco en el centro. Vierte poco a poco el agua tibia (a temperatura corporal) en el hueco y **mezcla** todo con los dedos hasta formar una masa algo pegajosa.

Pídele a un adulto que caliente el agua. Necesitas 1 parte de agua caliente por cada 3 de fría.

2 Amasar

Tienes que amasar como lo hace la gallinita roja. Pon la masa en una superficie enharinada y **amasa**, estirando la masa hacia afuera y luego presionándola con los nudillos hacia el centro. Continúa así unos cinco minutos hasta que la masa esté suave. Añade un poquito más de harina si está pegajosa. Una vez esté suave, amasa otros cinco minutos más.

¡No trates con suavidad a la masa! Hay que incorporarle mucho aire para que la levadura la haga crecer.

3 Esperar

Forma una bola con la masa y ponla en el cuenco. Pídele a un adulto que le haga unos cortes en forma de cruz a la masa para que pueda "crecer". Tapa el cuenco con un paño húmedo y ponlo en un lugar tibio durante una hora y media para que la masa crezca. La masa estará lista cuando haya doblado el tamaño.

Dales la forma que quieras a las hogazas.

4 Dar forma

Engrasa ligeramente una bandeja o unos moldes para el horno. Cuando la masa haya crecido, ponla en la bandeja y forma hogazas. Luego precalienta el horno a 200⁰ C o 400° F durante 15 minutos. En lo que el horno se calienta, las hogazas de pan crecerán por segunda vez.

5 Hornear

Cuando el horno esté caliente y la masa haya crecido por segunda vez, hornea las hogazas unos 30 minutos (20 a 25 minutos si son panecillos). El pan está cuando tenga un color dorado y se vea apetitoso. Levántalo con cuidado y golpea suavemente la parte de abajo. Si suena hueco, está listo.

6 Comer

Pon el pan en una rejilla de metal para que se enfríe. Luego, ¡disfrútalo! Lo puedes comer con mantequilla y mermelada o con una sopa, o puedes hacer unos sándwiches. Mmmm... ¡Qué rico!

Barefoot Books
2067 Massachusetts Ave
Cambridge, MA 02140

Derechos de autor del texto © 1999 de Mary Finch
Derechos de autor de las ilustraciones © 2013 de Kate Slater
Se hace valer el derecho moral de Mary Finch a ser identificada
como la autora de esta obra y de Kate Slater
a ser identificada como la ilustradora de esta obra

Publicado por primera vez en los Estados Unidos de América por
Barefoot Books, Inc. en 1999 como *La gallanita roja y la espiga de trigo*
Esta edición en tapa dura en español se publicó en 2013
Todos los derechos reservados

Diseño gráfico de Louise Millar, Londres, GRB
Reproducción por B & P International, Hong Kong
Impreso en China en papel 100 por ciento libre de ácido
La composición tipográfica de este libro se realizó en
A Font with Serifs, Garamond y Branboll
Las ilustraciones se prepararon en forma de collage,
con recortes de papel para crear piezas
tridimensionales que se colgaron de alambres
y luego se fotografiaron.

Edición en tapa dura en español
ISBN 978-1-78285-070-0
La información de la catalogación
de la Biblioteca del Congreso se encuentra en
LCCN 2012043646

Traducido por María A. Pérez

Barefoot Books
step inside a story

En Barefoot Books, celebramos el arte y los relatos que abren el corazón y la mente de los niños de todos los orígenes, centrándonos en temas que fomentan la independencia del espíritu, el entusiasmo por aprender y el respeto a la diversidad del mundo. El bienestar de nuestros niños depende del bienestar de nuestro planeta y, por eso, el papel que utilizamos para nuestros libros proviene de bosques administrados de manera sostenible, y nos esforzamos constantemente por reducir nuestro impacto ambiental. Alegres, hermosos y creados para durar toda la vida, nuestros productos combinan lo mejor del presente con lo mejor del pasado, para educar a nuestros niños a ser los guardianes del futuro.

www.barefootbooks.com

A Mary Finch siempre le han gustado las gallinas. De niña en Londres, justo después de la guerra, su familia tenía gallias en el jardín. También tenían una maltrecha y muy querida copia de este cuento. Mary vive en Bath, Inglaterra.

Kate Slater vive en ena granja en Staffordshire, RU, con su familia, su perro, muchos pollos y dos ovejas de mascota. Su estudio está en el antiguo cuarto de las manzanas, con estanterías llenas de los papeles que use en sus obras de arte.

www.kateslaterillustration.com